THE ICHINOSE FAMILY'S DEADLY SINS

Die Rückkehr der Familie Ichinose

taizan5

The Ichinose Family's Deadly Sins

Inhalt

Aus dem Japanischen von Gandalf Bartholomäus

Kapitel 1: Die Rückkehr der Familie Ichinose
...
Bruder.
Hm?
Irgend-jemand ...
... ruft mich.
Bruder!
Tsubasa!
...
Hä?
Ich...

Kapitel 1: Die Rückkehr der Familie Ichinose

THE
ICHINOSE
FAMILY'S
DEADLY
SINS

Tsubasa!

Schnell, ruf die Schwester!

Im Krankenhaus aufzuwachen...

Gott sei Dank! Endlich bist du wach!

Tsubasa!

... wie ein Film.

Als würde es dir nicht selbst passieren.

... umgeben von deiner besorgten Familie...

... fühlte sich an...

Äh...

Vor allem, wenn...

Wer soll »Tsubasa« sein?

Erkennst du uns nicht?

Na ja, ich bin...

Weißt du, wer du bist?

Wie heißt du?

Ich...

Hä?

Äh...

Tu...
Tut es
das?

Tsubasa.

Hä?

... macht
Sinn.

Ja
klar.
Das
...

Tsubasa.

Was ist
das denn
für 'ne Reak-
tion?

Du
weißt
nicht, wer
du bist?

Sieht
so aus.

Hä?

Warum
sagst du
das so?
Als meine
Familie...

... müsstet
ihr euch
doch
sicher
sein?

Was
das an-
geht...

Wir waren
verreist
und haben
uns alle bei
einem Un-
fall am Kopf
verletzt...

Wahrschein-
lich hast du
dein Gedächt-
nis verloren.

... heißt
es.

... glau-
ben
wir.

Wir sind
deine
Familie...

Wie bitte?!

* Okuda Memorial Hospital

Die Scans haben ergeben...

... dass Sie alle...

Vermutlich stehen Sie noch unter Schock.

Sobald Sie in Ihren Alltag zurückkehren, sollte sich das wieder legen.

... keinerlei Gehirnschäden davongetragen haben.

In dem Sinne...

Was zur Hölle passiert hier eigent- lich?!

Auf dass sich Ihr Gedächt- nis bald zurück- meldet!

Zeitung

Unfall in Fukui

...der Golden Week stürzte eine... ...n die Tiefe, 6 Insassen leicht...

Whoa!

In dem Fahrzeug befand sich eine sechsköpfige Familie aus Tokyo. Am Steuer saß die Mutter, Minako Ichinose.

Das waren wohl wir.

Au... B... F...

A... v... ab d... Böschung hinab in die Tiefe.

Das werden wir wohl nie erfahren...

... schätze ich.

Hm...

Sorry, aber das klingt eher nach meinem Fahrstil.

Krass!

Da steht, wir wären durch die Leitplanke gekracht.

Oh.

Ja.

Sollen wir uns noch vorstellen?

Gut.

Also.

Fühlt sich nicht so an.

Junge, das passiert mir gerade wirklich, oder?

Angeblich...

... deine Mutter.

... auf Arbeit sein müsste. Ist mitten in der Woche.

Ich frag mich, ob ich gerade...

Ich...

... bin Minako Ichinose.

Schülerausweis No.05611

Name: Tsubasa Ichinose
Klasse: 8-A
Mittelschule Kagiyama
Tokyo Kagiyama, 5-8-10

Dieser Ausweis belegt, dass
oben genannte Person...
unsere...

März

Tsuba-sa...

... Ichi-nose.

Du bist in der Achten.

Schon in Ordnung.

Hm?

Nein.

Ups!

Ich war so frei und hab deine Schule kontaktiert.

Sorry.

Alter, was 'ne Frise?!

Gültig bis: 31. März

Tsubasa.

Oh.

Ja.

... ob ich mit diesen Leuten...

Also.

Auf gutes Kennen-lernen!

Ich frage mich...

Ah!

... klarkom-men werde?

... wirklich gut...

Papa!

Hier, die Sojasoße.

Also ... Ich...

Kann man diese Dinger nicht zurücksetzen?

... dabei gescheitert, mein Handy zu entsperren.

Gestern bin ich...

Uff.

Und danke.

Oh.

Sorry dafür.

Oh.

Und wie weit hast du's probiert?

Aber hat auch nichts gebracht.

Na ja...

Wow!

Was, echt?!

... hab mich einfach ab 1111 durchprobiert.

Das alles juckt dich kein bisschen, oder?

Irgendwann hab ich vergessen...

... wie weit ich war.

BWA

HA

Sie streiten sich schon wie echte Geschwister.

Was?

Kann nicht jeder so depri sein wie du!

Was?

So aufgekratzt wie du bist!

Kaum zu glauben, dass es dir so geht wie uns.

Was? Warum?

Bitte?

Um das Gedächtnis anzukurbeln...

Also ...

Nun, in Ihrem Fall wird das schwie-rig...

... kann es helfen, wenn die Familie des Betroffenen...

Wir...

... könn-ten uns ...

... gemeinsame Erfahrungen mit ihm teilt.

... über erfundene Erfahrungen unterhalten, oder nicht?

... irgendwas davon trifft zu.

Imaginäre Erinnerungen?

Ja! Zum Beispiel über unsere Reisen zu sechst!

Wir denken uns einfach was aus!

Ich wette ...

Wisst ihr noch, wie wir alle auf Okinawa waren? War das nicht großartig?

Ja!

Echt jetzt, Mum?

Genau so!

So in etwa?

So was Bescheuertes fällt auch nur dir ein!

Hör auf zu glotzen!

Jetzt sei nicht so, Shiori.

Also ...

Oder...

... Papa?

Und wie!

Und wie!

... Haien und so!

Am Meer! Mit den...

Das hat übelst Spaß gemacht!

Und heiß war's, oder...

Hm.

... Kozo?

Die Mangos waren lecker?

Genau!

Äh, ja...

Ja! Super!

Also langsam ...

Und die vielen...

... Souvenirs.

Ey!

Shiori?

Äh ...

Ah ...

... glaube ich echt...

... dass wir alle zusammen auf Okinawa waren!

Stimmt!

Das macht ja wirklich Spaß!

Das Churaumi-Aquarium!

Und...

... in Naha?

Machen wir weiter!

Wisst ihr noch...

Die Seeigel!

Sorry.

Schlaf gut, Shiori!

Oh.

Gute Nacht!

Wir fangen doch gerade erst an!

Gute Nacht!

Ich...

... bin müde. Ich geh pennen.

Hä?

Echt jetzt?

Shiori...

... geht's nicht so gut, oder?

Ja.

Laut Arzt...

... ist Ruhe jetzt am wichtigsten.

War bestimmt nicht leicht für sie.

Sie...

... ist als Erste aufgewacht.

Wundert mich nicht.

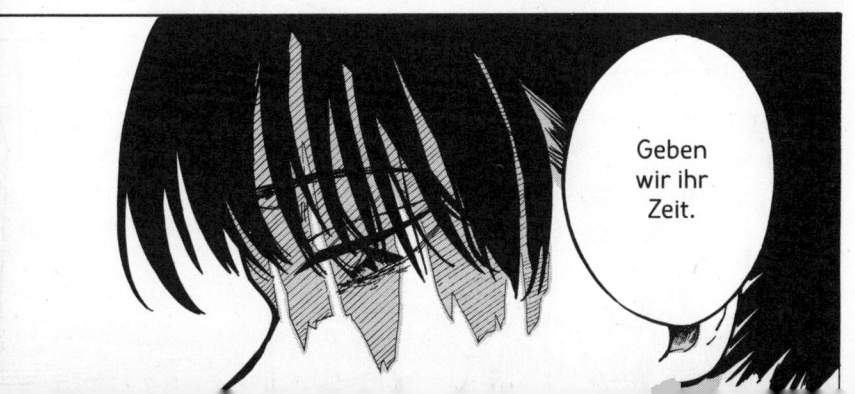

Geben wir ihr Zeit.

Hey!
Damals, als
wir alle nach
Hokkaido
sind...

Lass
mich in
Ruhe!

...

Wenig
Reize,
viel Ent-
span-
nung!

Das brau-
chen Leute
mit Amnesie
nämlich am
dringendsten!

Entspannung
— Ruhe
hilft dem Gehirn

Der Schlüssel, Ihr Gedäch...
wiederzuerlangen, kön...
näher sein als gedacht...

!

Du willst
dein Gedächtnis
unbedingt zu-
rück, oder?

Das sieht der Doc auch so.

Dann ist es umso wichtiger, dass wir über erfundene Erinnerungen reden!

Vielleicht treffen wir damit irgend'nen Nerv!

Komm schon!

Nein.

Und dann erinnern wir un...

Es könnte echt was aufploppen, das wir kennen!

Na schön.

Hör auf!

Da gibt's viele heiße Quellen, oder?

Kennst du Atami?

Ey!

Oder Osaka?

Und ...

...

Dann eben Kyoto.

Verdammt!

Kyushu?

...

Lass das!

Da haben wir so viele Tempel gesehen!

... geh fast ein vor Sor-ge!

Ich...

Aber egal...

... was wir uns ausdenken...

Wir können jeden Tag...

... fröhlich vor uns hinplaudern.

Macht dir das nicht auch...

... eine Scheiß-angst?

... es wird nichts bringen!

Hörst du?

Sag!

Wie kannst du so tun...

... als wäre alles normal?

Was sollen wir denn tun, wenn wir unser Gedächtnis nie wieder zurückbekommen?

Sag!

Tsu-basa!

Wir werden bald entlassen.

Was, wenn das für immer so bleibt?

Also?!

Was dann?

...

...

Hm?

Kannst du das alles...

... einfach wegschieben?

Macht dir das denn gar nichts aus?

... wenn wir uns nicht mehr erinnern?

Wäre das denn so schlimm...

So was wie mit dem Handy nervt natürlich.

Aber ...

Schon klar.

Wie bitte?

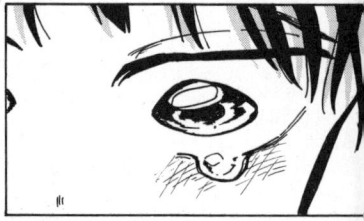

... wir haben doch einander.

Ich find's super, jeden Tag...

... über unsere Reisen zu reden!

Also...

... was mich angeht...

... hab ich dich, Shiori!

... mag ich ja auch...

Außerdem...

Ich bin auch so happy.

Das...

Mir egal...

... ob mein Gedächtnis zurückkommt.

Hä?

Du...

Das hast du gehört?

Was denkst du denn?!

Auch...

... hat mir das total Mut gemacht!

Also...

... wenn ich bewusstlos war...

Das eine Mal...

...

... nach New York geflogen sind...

... als wir alle...

Was?!

Ame-
rika?

Was
gibt's
in New
York?

Das
Empire
State
Building.

Blödi!

Das
Phan-
tom der
Oper!

Und
den
Broad-
way.

Und
Steaks.

Weiter
so!

Ich
bin mir
sicher...

Und bei den Niagara-fällen.

... dass wir dort waren.

In New York.

Auf Okina-wa.

Und Hokkaido.

Wir haben nichts zu befürchten, solange wir zusammen sind.

Beste Freunde auf der Ladenstraße!

Und auch in Atami!

* Reiseführer über Hokkaido, New York und Okinawa

Äh...?

Räumen wir erst mal auf.

Hier war nur schon lange niemand mehr.

Ach.

Echt mal.

Leute.

Was is'n das für ein Saustall?!

* Gekritzel: Stirb

... wurde uns allen klar...

Äh?

In dem Moment ...

... dass wir womöglich...

* Gekritzel: Stirb   ** Verrecht doch alle!

Wir alle haben wohl...

Auf gar keinen Fall...

Wir dachten, wir hätten alles verstanden.

家族でチキン!!

* Family Bucket Chicken

... und wie gut es tut, sich wieder zu versöhnen!

Doch...

Gut.

Na dann.

Unsere Persönlichkeit...

Was hinter dem Lachen der anderen steckt...

Wie man sich streitet in unserer Familie...

... hatten wir nicht den leisesten Schimmer.

... eigentlich...

Guten Appet...

Schön, wieder hier zu sein!

Gut.

Also...

Kapitel 2: Tsubasa zurück auf der Schule

Shiori ist schon los zur Schule?!

Ja, sieht so aus.

Messe für Luna melonen

7:58

Alle, die Sie hier sehen

Alle?!

Ach.

Übrigens...

Haha.

Wozu gehen wir überhaupt auf die gleiche Mittelschule?

Na, super.

Ich spazieren!

Ich geh auch auf Arbeit!

Op...

Mum...

Ich muss auch los!

Ich gehe zur Arbeit!

...Pap...

Also dann!

Seit wir gestern nach Hause kamen...

BATAMM

タン

バ

Äh, bis später...?

... wegen ihren...

Ich wollte die anderen noch fragen...

Wir haben uns gerade alle halbwegs vertragen.

Meine Fresse.

... sind alle so distanziert.

* Gekritzel: Stirb

Ich sollte auch los!

Zur Schule!

KLANK

Schülerausweis No.

Ich kann's kaum erwarten, mein altes Schulleben zu erkunden!

Auf den Moment hab ich mich so gefreut!

Das ist also mein Klassenzimmer.

Wozu hat man...

Das frag ich gleich nach!

War ich vielleicht auch in 'nem Klub oder so?!

Wie die wohl drauf sind?

Oh!

Die Klasse 8-A.

... Freunde?!

Sag mal...

... wer ich bin?

Weißt du wirklich nicht...

Tagchen!

Haha!

Sorry.

Echt jetzt?

Ich...

KLA

TNK

Als ob ich so dumm wäre! Hab ich...

1111 vielleicht?

... längst probiert.

Total!

Kennst du mein Passwort?

Ugh!

Muss übelst nerven mit deinem Handy.

Meine Kondition... Ich war zu lange...

... im Krankenhaus.

Shit!

Weißt du nicht mehr, wie man rennt?

Was hast du?

Echt jetzt?

Wie heißt unser Lehrer noch mal?

Naka-jima...

Ich geh den Lehrer fragen.

Gut.

Bis gleich!

Aaalter!

Nakajima.

Du hast den Namen fünfmal verkackt!

Ha-ha!

Kann nichts dafür!

Du warst übelst funny...

... Tsuba-sa!

... wie ich jetzt bin?!

War ich früher auch so...

Also wenn...

Es ist echt alles futsch.

Keine Ahnung, wer ich mal war.

Du bist noch ganz der Alte!

Lieg du mal so lange flach, dann...

Alter!

Nur 'nen Tacken langsamer als früher.

Außerdem...

Nakajima...

... kannst du dir weniger merken als früher.

Nach dem Unterricht...

... schmeißen wir im Klassenzimmer 'ne Welcomeback-Party für dich!

Wehe, du kommst nicht...

Was?

Aber scheiß drauf!

... bester Freund!

Okay...!

Weißt du, Naka-jima ...

Ich bin...

... komplett neben der Spur...

... seit ich gestern in meinem Zimmer war.

Und ich kann mit niemandem darüber reden.

Darum ...

Keine Ahnung, wer ich bin.

... dass ich dich habe!

... bin ich verdammt dankbar...

8-A

Auch wenn das weird ist...

... beim nächsten Mal...

Hallo?

Äh...

... kann ich dir...

... das vielleicht direkt sagen.

Nakaji...

Tsubasa!

Essensresta

Wir sind doch Freunde?

... ist zerplatzt.

Wieso?

Klar!

Ha-ha!

Aller-beste!

So ist...

Bis mor-geeeen!

Mach den Scheiß sauber!

Tust du mir einen Gefallen als allerbester Freund?

HA HA HA

Oh!

Tagchen, Tsubasa!

Kapitel 3

Nakaji-ma...!

Ah.

Guten Mor...

* Milch

Kapitel 3: Tsubasas Alltag

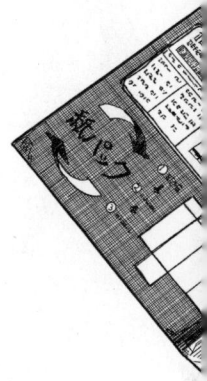

Die Milch von gestern?

Wäh!

Mach das bloß sauber!

Stinkt voll, lol!

Wie eklig!

Tsubasa Idiotonose

Waaah!

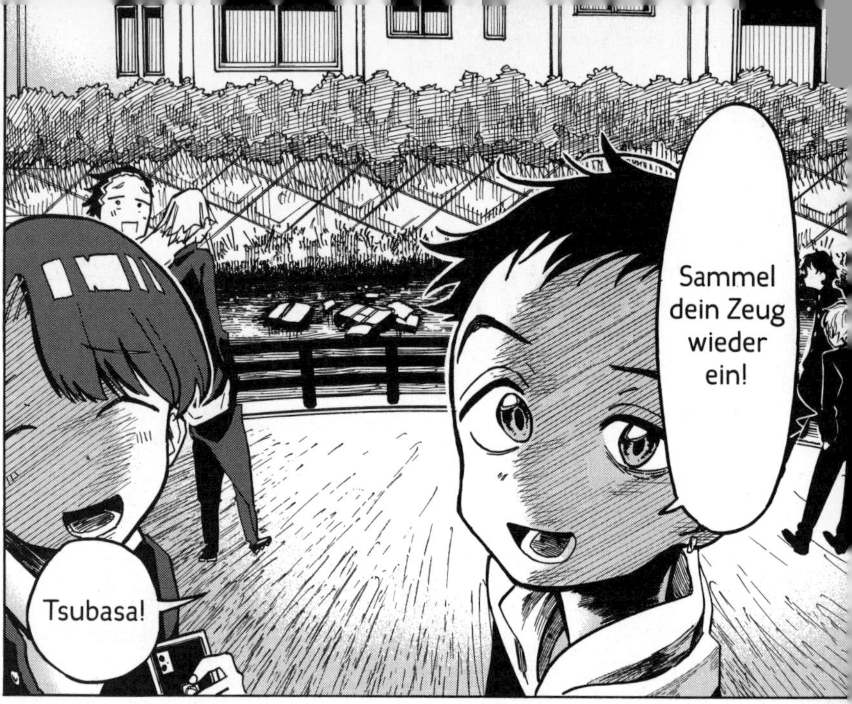
Sammel dein Zeug wieder ein!
Tsubasa!

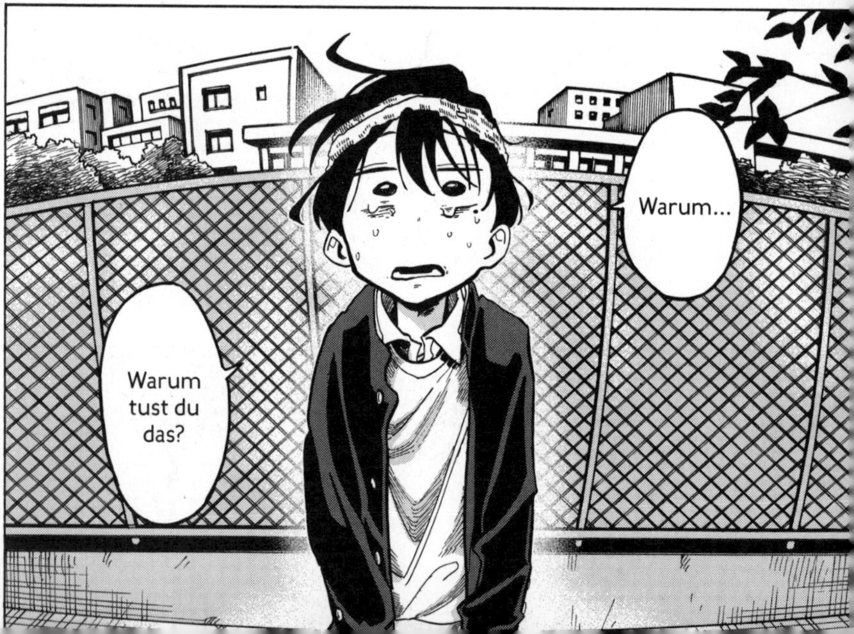
Warum...
Warum tust du das?

Wenn ich dir irgendwas getan hab, woran ich mich...

... nicht mehr erinne-re...

Naka-jima...

Ich...

Was?

... tut's mir leid!

Nur, bitte!

BLITZ

Ich entschuldige mich auch!

* Grundschule Süd

BLITZ

Das ist es nicht.

Hä?

Du
widerst
mich
einfach
nur an
...

... Tsu-
basa.

Ah!

So ist es meinem alten Ich also ergangen.

Ich...

Hey!

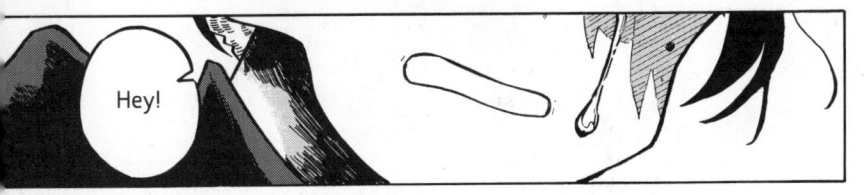

Holst du es zurück?

Na, los. Hopp, hopp!

Ich will noch mal dein Zeug durch die Gegend kicken.

Hol's doch selber!

Wegen so 'nem Scheißgrund mobbst du mich nicht!

Wa...

B...

Bei dir hackt's wohl!

Bestimmt ...

Mit deinem Peinlo-Hoodie!

Ka-piert ...

... Kackzwerg?!

... was zu sagen.

... hab ich mich früher nur nie getraut...

Immer das Gleiche mit dir!

Bist du...

Und deinen Popelbrauen!

Was?

... immer schön die anderen schikanieren!

Du...

Zu dumm zum Scheißen...

... aber...

Hab mich fast eingepinkelt.

Aber...

War das gruselig!

Ich bin geliefert!

Ich hab's getan!

... jetzt fühlst du dich besser, oder...

... Tsubasa?

Vielleicht hat das gereicht...

Was du da...

... gestern gebracht hast...

... das macht schon überall die Runde!

Das mit dem »Pein-lo-Hoodie« war auch cool!

»Ver-kacktes Arschge-sicht!!!«
Die Älteren im klub feiern es so hart ...

Jemand aus dem Fußball-klub hat es in seiner Story ge-postet.

Lol!

... war die kom-plette Zerstö-rung!

Deswe-gen...

Tsubasa...

Der hat's in letzter Zeit echt über-trieben.

Auch bei uns in der Klasse.

Es tut mir leid.

Bitte vergib mir...

Bwaha!

Ich hab...

... deine Tasche zurückgeholt.

Nakajima...

Was jetzt, Ichinose?

Wir ha'm ihm heut Morgen beim Training 'ne Abreibung verpasst.

Hat mir den schlimmsten Scheiß angetan.

Abschaum ist das.

... ist das Letzte.

Er hat mich nur fertiggemacht.

Warte...

Was?

Das ist nichts...

... was ich je sagen würde.

Aus mir spricht die blanke Wut.

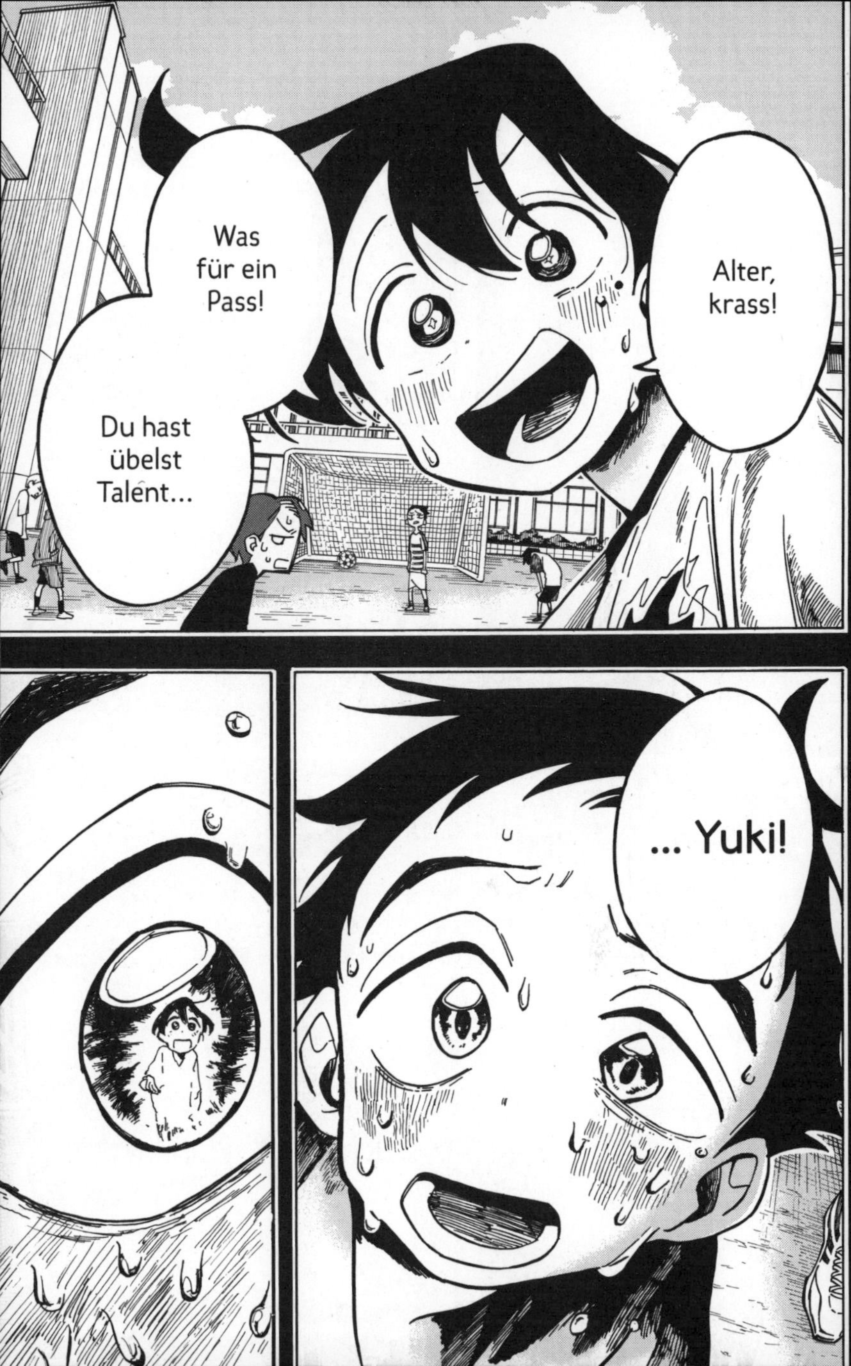
Alter, krass!
Was für ein Pass!
Du hast übelst Talent...
... Yuki!

Also
Yuki
hier...

Gut,
dann...

... auch
im Fuß-
ballklub
der Grund-
schule Süd.

Ab
heute
bin ich
...

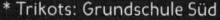

* Trikots: Grundschule Süd

Wir
beide
werden
Tor-
schützen-
könige!

Tsu-
basa!

Ts...

... ist
mein
Partner!

Heeey!

Kackzwerg

Hier! Zu mir!

Gib ab! Pass!

Yuki!

Der beste Spieler heute...

... war Tsubasa Ichinose.

Und...

KAGI山TV
鍵山ケーブルテレビ*

KAGI山

... Yuki Nakajima!

* Schilder: Kabelfernsehen Kagiyama

... sind übertrieben gut!

** Fußball-Club Grundschule Süd

Ts...

Tsuba-sa...

Es ist wie Gedanken-übertra-gung.

Seine Pässe...

MVP

**

Tsubasa will hinschmeißen?!
Mathe
8-A Yuki Nakajima
Nakajima 8-A
Chemie
Warum das denn…?
Schule Kagiyama Fußball-Club

Es war nie so...

Nur...

... dass mir Fußball viel bedeutet hätte.

* Trikots: Kagiyama-Mittelschule

Tsubasa!

Du
widerst
mich an.

Als
ob's mich
juckt...

... was
wir uns
verspro-
chen haben.

Aber
genau
das...

... fand ich
an dir schon
immer zum
Kotzen.

Nichts davon...

... hat je irgendwas bedeutet.

* Kagiyama-Mittelschule

Tut mir leid, dass ich mich so aufgespielt...

... und dir Druck gemacht hab!

Und dass ich nie versucht habe, dich zu verstehen.

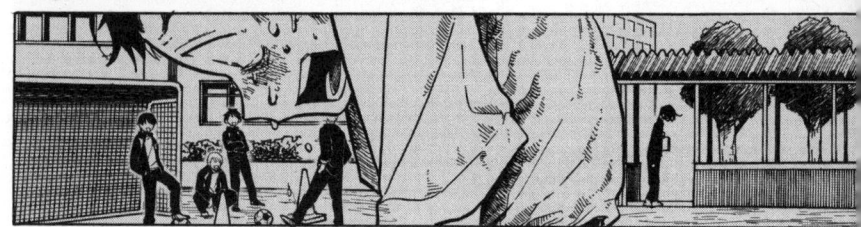

... geb auf...

Ich...

Das stimmt doch gar nicht!!

Das stimmt doch gar nicht!!

Wie kannst du sagen...

Kapitel 5: Tsubasas Rache

... hätte nie etwas bedeutet?!

... das alles...

Hä?

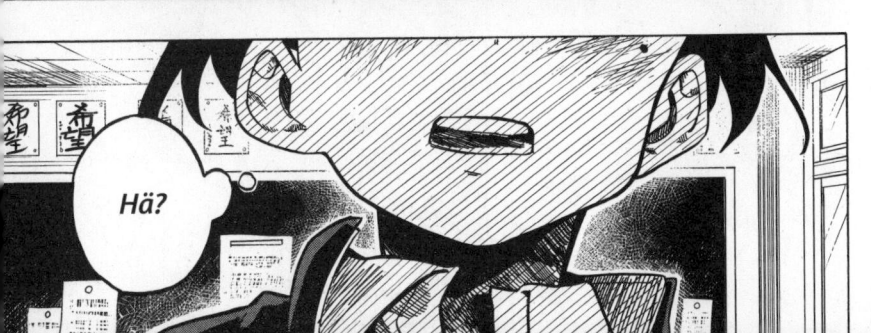

Yo, Ichinose!

Warte... Was genau soll nicht stimmen?!

Worauf wartest du?

Erteil dem verkackten Arschgesicht 'ne Lektion!

Ja, stimmt.

Hm?

Ja.

Mach endlich!

Wie gnadenlose der mich gemobbt hat...

BLITZ

SAMURAI RE...

Nakajima ist ein Arschgesicht.

... für dich...
... war er...
... bestimmt mehr als das.
Er war dein Freund, oder nicht?

Ich...

Ich
mach's
nicht.

Aber...

... tapp
ich immer
noch im
Dunkeln.

... und
mich
selbst
...

Was
Nakajima
angeht...

Was?

... das
fühlt sich
einfach nicht
richtig an.

Darum
...

Bla, bla. Laber halt!

... bin ich raus ...

Vergesst es einfach.

Ihr beide...

Aber das war's dann wohl.

Wir fanden euren Beef nur lustig.

Vor allem die ewige Leier mit deiner Amnesie.

Geht uns eh am Arsch vorbei!

... ich hätte vergessen...

Denkt nicht...

Wir hauen ab.

... widert mich an.

... wie ihr mich 'ne Woche lang ausgelacht habt!

Das leuchtet mir echt nicht ein.

Und warum nur du mich beim Vornamen nennst?

Ich frage mich, warum ich unser Foto aufgehoben hab...

... obwohl du mich gemobbt hast?

Aber...

Bis dahin...

... halte es in Ehren!

Yuki.

... bis ich mich daran erinnern kann...

... wird dein Trikot vor der Abfallwäsche verschont.

Okay.

Tsuba...

Nenn mich Tsubasa.

Wir sind doch Freunde!

Fürs Erste...

Essensreste

... wären wir quitt!

Du
Huu-
und!

*Sobald
ich mich
wieder
erinnern
kann...*

*Und
versöh-
nen uns
wieder.*

*... strei-
ten wir
weiter.*

*Und bis
dahin...*

Ich
weiß...

... dass der
Unfall nicht
leicht für
dich war...

Äh...

Ich bin
schockiert!

... aber
du kannst
doch nicht
deine lieben
Klassenka-
meraden...

Aber...

Ichinose!

... die
anderen
haben
mich...

Ich muss
wohl auch
deine Eltern
verständi-
gen.

Ichinose?

Machst
du das
bitte?

Entschul-
dige dich
bei deiner
Klasse.

KLANK

Ich hab auch mit-gemacht!

Ich...

* Kalligrafie: Hoffnung

Ess...

Ach ja?

Was denn für eins?

Es war nur ein Spiel.

Ich hab ihn dazu angesta-chelt.

Essensreste-
fußball!

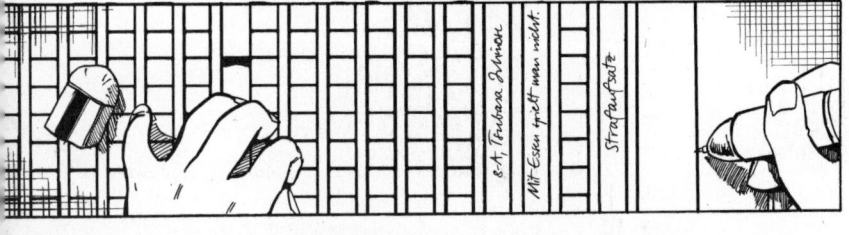

Wie dumm kann man...

Essens-restefuß-ball. Dein Ernst?

Schnau-ze!

'ne bessere Ausrede ist dir nicht eingefal-len?

Schnau-ze!

* Bohnenbrötchen

Eine Woche ist vergangen...

... seit wir alle mit Amnesie aufgewacht sind.

Es sind immer noch alle ziemlich distanziert...

Ich komm zu spät!

Mist!

Okay.

Um die Wäsche kümmere ich mich morgen.

Ich muss los...

Bist du in 'nem Sportklub oder so?

Du kommst immer so spät heim.

Tsubasa...

Hey!

... aber man gewöhnt sich an alles.

Ich krieg dich kaum noch zu Gesicht, Shiori.

Oder datest du jemanden?

Ich...

Ah!

KLANK

... jemals einen reun...

Du spinnst doch!

Kann mir nicht vorstellen, dass du...

Dates am Bahnhofsvorplatz?

Wobei ...

Während du sorglos in den Tag hineinlebst!

Hä?

Was soll denn das hei-ßen?!

Jeden Tag...

... reiß ich mir den Arsch auf, um mein Gedächtnis wie-derzuerlangen!

Was genau...

Ich hau ab!

Hey!

Also...

Ich will, dass ihr...

... mit den Essensresten wird nicht gekickt!

Ganz egal wie sehr ihr beide Fußball mögt...

Und deshalb ...

... euer Essen mehr respektiert!

Und so sollen wir jetzt 'ne Woche am Bahnhof rumstehen?

* Flaggen: Für die Erde, Wir können was tun, Weniger Lebensmittelverschwendung.
  Boxen: Spenden gegen Lebensmittelverschwendung

Ich hab morgen Fußball.

Ich weiß!

Und ich dachte, die Lehrerin wäre nett.

Außerdem...

Brutal, Junge!

Ich kann's auch allein machen.

Ich mach ab übermorgen mit!

Will ich gar nicht!

Schon okay, wenn du dich drückst.

Dir ist ein Ball wichtiger als unsere Erde.

... tu ich wenigstens was Gutes.

Während du dich auf dem Feld lächerlich machst...

Ich mach das allein.

Nieder mit der Essensverschwendung!

Geh zurück ins Team ≫Essensreste≪!

WIR WOLLEN DICH NICHT BEI UNS!

Also dann, bis morgen!

Hä?

Nice, Mann!

Was, echt?!

Ich komm doch mit.

... ist weg!

Das ganze Essen...

Ist bestimmt alles vergammelt.

Vielleicht im Kühlschrank?

Auch keine Fertiggerichte mehr?

Die haben wir täglich weggefuttert.

Wir hatten doch so viele süße Brötchen!

Im Schrank war noch Curry...

Das heißt wohl ...

Und im Gefrierfach war noch...

... Hähnchen?

Und Karotten.

Da waren noch Kartoffeln!

... von der Schale?

Äh, wie viel muss da weg...

Lass noch was übrig!

Gut so?

Super, Minako!

Oh!

N... Na klar!

So eine tolle Kö-chin, trotz der vielen Arbeit!

Family cats

Ich war auch keine große Hilfe.

Entschuldigt, ist kein Augenschmaus geworden.

Aber...

Ja, stimmt!

Jetzt sind wir wenigstens um eine Erkenntnis reicher.

Das war das milde Curry.

So scharf!

Gh!

Scharfes ist nicht deins, oder, Papa?

Ja, stimmt.

... man kann's essen!

Schmeckt lecker!

Es fühlte sich an...

KLANK

Sorry!

... als hätte ich schon ewig nicht mehr ge-lacht.

Gut. Bis nach-her!

Ich geh noch 'ne Runde raus.

Ja.

Danke fürs Kochen.

Oh, schon?

... bin satt.

Ich...

Hey.

Zerbrichst du dir immer noch den Kopf?

Auch wenn meine Woche ultra-chaotisch war.

Daran glaub ich fest.

Alles wird gut!

Du schon wieder...

Also...

... können wir nun hinter uns lassen!

Wir haben doch uns als Familie!

Bestimmt waren wir früher auch nicht ohne Sorgen.

Aber die...

Tu nicht so, als würdest irgendwas über mich wissen!

... hast keine Ahnung, wer ich bin.

Ich...

... bin nicht wie du.

Und du...

Shiori...?

unser Planet dankt's dir!

PAPRIKAut und KOHLLegs, veräppel nicht die Erde!

* Weniger Lebensmittelverschwendung für unsere Erde

Hab ich irgendwas Falsches gesagt?

Keine Ahnung, was das gestern sollte.

Hör auf, mit dir selbst zu reden!

Aber sie hat ja recht.

Reiß dich zusammen!

Oh.

Dan-ke!

Meine Schwes-ter...

Aber ich rede mit dir!

... gar nichts über Shiori.

Im Grunde weiß ich...

Wir sammeln Geld für die Um-welt!

Ah!

Ich entschuldige mich bei ihr, wenn ich zurück bin.

Danke schön!

Oh.

Wooow!

Ist doch unsere Pflicht als Menschen einer Industrienation.

Was?

Hä?!

... meine kleine Shiori.

Ja!

Komm, wir gehen ...

Was -zur- Hölle?!

N...

Nein, alles gut!

Stimmt was nicht, Shiori?

Ja?

Kapitel 7: Tsubasas Verfolgungsjagd

Yuki...

Kann-test du die?

Was ist?

Tsubasa!

Hä?

Mit-kommen!

Sieht wie ein Date aus.

Ja, aber...

... sie ist erst in der Siebten! Der Typ ist doch...

Stimmt...

Die... ... amüsiert sich ja prächtig!

Und wirft mir vor, sorglos zu sein?!

Na warte, die kann was erleben!

Das ist illegal!

Was? Du bist sauer auf sie?

Junge, willst du nicht lieber...

Ugh!

Die tut nur so ernst.

Aber ich find raus, wie sie wirklich tickt!

... reiß ich mir jeden Tag den Arsch auf!

Im Vergleich zu dir...

Wird langsam Zeit, dass wir...

Na, dann komm mal mit.

Oh.

Äh, mir ist eigentlich alles recht.

Wohin sollen wir jetzt?

* Saisonkarte: Tomaten-Hacksteak, Eisbecher mit Erdbeeren

Hat sie sich gerade ein Hacksteak bestellt.

Ich will auch eins!

Die hat's gut!

Wirkt irgendwie ziemlich normal, oder?

ロボットが
場合もあります

ドリンクバ

注文する

Was?

Warum ich?!

... und belausch die beiden!

Hol uns was von der Getränke-station...

Naka-jima!

Ich hab nur dich...!

Aber dann erkennt sie mich!

Bitte, Mann!

Ich hab dem nie zuge-stimmt!

Mach doch selber!

Ich hab Ihren Tweet neulich gesehen.

In so jungen Jahren haben Sie die Leitung übernommen?

Sie sind unglaublich, Shuta!

Tja.

Haha.

Voll der alte Sack!

Dein Ernst?

Er ist 28.

... oder so?

Arbeitet der für irgend'ne Firma...

Hehe...

Ich wünschte, da wären mehr süße Mädels wie du darunter.

Meine Kundinnen sind nur ältere Damen.

Wie lieb!

Och!

Macht dir wohl doch Spaß, hm?

Alter ...

Sein Geschäft lässt sich bestimmt schnell googeln.

Gibt's doch kaum noch.

Hört sich eher wie ein Geschäftsmann an.

Vielleicht ein Vertreter?

Wow! Sie sind so modisch, Shuta!

Ich musste meine glätten lassen.

Sind deine Haare von Natur aus so glatt, Shiori?

Oder anders gesagt...

Geh da jetzt selber hin, und zwar dalli!

Und seine Augen erinnern sie an Pistazien?

Bwaha!

Hat sie seine Haare gerade echt so schön wie Karamell-Macchiato genannt?

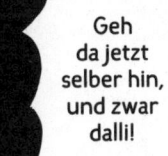

Ich glaube...

... du darfst heute bestellen, was du willst.

Ich hab doch gesagt...

Ich hab noch nie etwas gegessen, das so teuer aussieht!

Wooow!

... ich würde gerne gefüttert werden.

Haha!

Wenn du meinst.

* Spenden gegen Lebensmittelverschwendung

Bist du...

... uns etwa gefolgt?!

... Karamell-Macchiato?

Tat-sache!

... und amüsierst dich selbst mit 'nem alten Knacker!

Tu doch nicht so! Du wirfst mir vor, sorglos zu sein...

Was?

Du bist echt das Allerletzte!

Ah...

Äh...

Und was waren das für Klamotten?

Jedenfalls...

Sah übelst lecker aus!

Und füttern lässt du dich auch noch.

Das ist...

Betreten verboten! Shiori

Sein Gesicht zu zeigen...

... und jemanden in echt zu treffen ist nicht ungefährlich.

Du kennst ihn nur aus dem Netz, oder?

Sei einfach vorsichtig, okay?

Also ...

... von deinem Gedächtnisverlust?

Weiß er überhaupt...

Ich will nur, dass du nicht leichtsinnig bist!

Du...

... kannst dich ja ruhig amüsieren.

... hab ich immer ein offenes Ohr.

Wenn mal irgendwas ist ...

Du hast keine Ahnung! Kapiert?!

Also erspar mir deine Predigt!

Was? Ich...

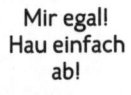

Mir egal! Hau einfach ab!

Ugh!

Ah!

Das geht dich nichts an!

In dem Moment wurde mir klar...

... dass ich vermutlich...

Tsubasa...

... der ein verrücktes Geheimnis hatte.

... nicht der Einzige war...

Spenden

Eis

Whoaaa!!

Ich hab uns Eis gekauft!

Blumeneis

Hey!

*Amnesie-Patienten

Als ob wir den wüssten!

Nehmt euren Lieblingsgeschmack!

Ah! Ich glaub, meiner ist Erdbeere!

Stimmt...

Vielleicht einfach alles?

... vielleicht doch Melone!

Oder ...

Ist das sauer!

Zitrone.

THE
ICHINOSE
FAMILY'S
DEADLY
SINS

THE ICHINOSE
FAMILY'S
DEADLY
SINS

HALT!

ist eine japanische Serie, die originalgetreu von »hinten«nach »vorne« und von rechts nach links gelesen wird! Schlagt das Buch also »hinten« auf und blättert Seite für Seite nach »vorne« weiter! Auch die Bilder und Sprechblasen werden von rechts oben oben nach links unten gelesen, wie es in der Grafik gezeigt wird! Hayabusa wünscht gute Unterhaltung!

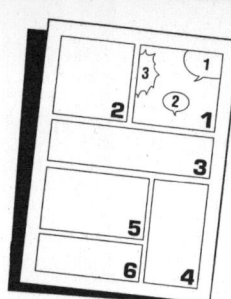

HAYABUSA

2024 Carlsen Verlag GmbH, Völckersstraße 14-20, 22765 Hamburg

Aus dem Japanischen von Gandalf Bartholomäus

ICHINOSEKE NO TAIZAI © 2022 by Taizan5

All rights reserved.

First published in Japan in 2022 by SHUEISHA Inc., Tokyo.

German translation rights in Germany, Austria, Luxembourg and German-speaking Switzerland arranged by SHUEISHA Inc. through VME PLB SAS, France.

Covergestaltung: Sonnenfisch Production – Laura Bartels

Redaktion: Germann Bergmann, Lisa Duty

Herstellung: Maria Niemann

Alle deutschen Rechte vorbehalten.

Wir behalten uns die Nutzung unserer Inhalte für Text und Data Mining im Sinne von § 44b UrhG ausdrücklich vor.

ISBN: 978-3-551-62454-3

MIX
Papier | Fördert
gute Waldnutzung
FSC
www.fsc.org
FSC® C083411

Unser Versprechen für mehr Nachhaltigkeit
• Klimaneutrales Produkt
• Papiere aus nachhaltigen und kontrollierten Quellen
• Hergestellt in Europa

FOLLOW THE FALCON

www.hayabusa-manga.de

hayabusa_manga

HayabusaTweets